Bolas de pelo & Cía.

¡El hámster se escapó!

Texto de Juliette Parachini-Deny
y Olivier Dupin
Ilustraciones de Ariane Delrieu

PANAMERICANA
EDITORIAL
Colombia • México • Perú

Adela, Rosa, Luisa y Andi forman
el club Bolas de pelo.
Su misión: ¡salvar a los animales en peligro!

Adela

Edad: 9 años.
Ojos: verdes.
Cabello: castaño, corto y ondulado.
Animal preferido: Bizcocho, su poni.
Pasatiempos: equitación y danza.
Cualidad principal: gran deportista.
Carácter: valiente y franca.
A veces es un tanto burlona.

Rosa

Edad: 9 años.
Ojos: café oscuros.
Cabello: negro y liso.
Animal preferido: Pipo, su gato
y también Rocky, su hámster.
Pasatiempos: tiro al arco.
Cualidad principal: la primera de su clase.
Carácter: generosa y reflexiva. Se preocupa
por sus amigas.

Bolas de pelo & Cía.

¡El hámster se escapó!

Parachini-Deny, Juliette
    Bolas de pelo y Cía. ¡El hámster se escapó! / Juliette Parachini-Deny, Olivier Dupin ; ilustradora Ariane Delrieu ; traductor Jorge Salgar. -- Bogotá : Panamericana Editorial, 2016.
    48 páginas : ilustraciones ; 21 cm.
    Título original : *Boules de poils & Cie Le hamster s'est enfui!*
    ISBN 978-958-30-5134-0
    1. Cuentos infantiles franceses 2. Animales - Cuentos infantiles 3. Misterio - Cuentos infantiles I. Dupin, Olivier, autor II. Delrieu, Ariane, ilustradora III. Salgar, Jorge, traductor IV. Tít.
    I843.91 cd 21 ed.
    A1519004

    CEP-Banco de la República-Biblioteca Luis Ángel Arango

Primera edición en Panamericana Editorial Ltda., mayo de 2016
Título original: *Le hamster s'est enfui !*
© 2013 Groupe Fleurus
© 2013 Juliette Parachini-Deny & Olivier Dupin
© 2016 Panamericana Editorial Ltda. de la versión en español
Calle 12 No. 34-30, Tel.: (57 1) 3649000
Fax: (57 1) 2373805
www.panamericanaeditorial.com
Tienda virtual: www.panamericana.com.co
Bogotá D. C., Colombia

Editor
Panamericana Editorial Ltda.
Ilustración
Ariane Delrieu
Traducción
Jorge Eduardo Salgar Restrepo
Diagramación
Martha Cadena

ISBN 978-958-30-5134-0

Impreso por Panamericana Formas e Impresos S. A.
Calle 65 No. 95-28, Tels.: (57 1) 4302110 - 4300355. Fax: (57 1) 2763008
Bogotá D. C., Colombia
Quien solo actúa como impresor.

Impreso en Colombia - *Printed in Colombia*

Luisa

Edad: 9 años.
Ojos: azules.
Cabello: rubio y largo.
Animal preferido: Andi, su perro.
Pasatiempos: piano.
Cualidad principal: parece que tuviera una verdadera tienda de animales en su casa, la cual está compuesta por Andi, su perro; Kiko, su canario; Zanahoria y Lulú, una familia de conejos enanos; Cirilo, su gato y Bernardo, su cangrejo ermitaño.
Carácter: delicada y cobarde, pero siempre lista a seguir a sus amigas en sus aventuras… eso sí, acompañada por Andi.

Andi

Ama: Luisa.
Raza: Teckel (perro salchicha de pelo duro).
Apodo: Nono.
Familia: hijo de Guillermo el valiente y Henriqueta de los Bosques.
Pasatiempos: gran aventurero, le gusta jugar con su ama y sus amigas.
Cualidad principal: un gran olfato de sabueso. Mascota del club Bolas de pelo.
Carácter: valiente, terco, a veces celoso.

Capítulo 1

Reunión del club Bolas de pelo

—¡*G*ané! —se emociona Adela, mientras salta de su bicicleta todoterreno frente a la casa de Rosa.

Luisa llega detrás sobre su linda bicicleta de flores, con Andi en la canasta.

—No estábamos compitiendo —protesta, mientras toma a su fiel teckel en los brazos.

—¡Yo siempre compito! —replica Adela, guiñando el ojo.

Las dos amigas se acercan a la puerta de entrada cuando esta se abre. No es Rosa, sino Simón, el vecino de Luisa.

—¿Qué haces acá, Simón? —le pregunta Luisa.

—Traje a mi gata Canela para que la vacunaran.

La mamá de Rosa es la veterinaria de Canela. Su consultorio está justo al lado de la casa.

—¿Y ustedes? ¿Vienen a jugar con Rosa? —pregunta Simón.

—¡Claro! Es miércoles, día de la reunión del club Bolas de pelo —responde Adela.

Las niñas adoran realmente a los animales. Tanto así que crearon un club para compartir su pasión. Hoy tienen previsto preparar una exposición para el colegio.

Curioso, Simón abre los ojos. Luisa le pregunta:

—¿Quieres quedarte con nosotras?

—No puedo, es una lástima. También tengo cita al médico para mi vacuna, pero más tarde vengo a recoger a Canela. Si aún están acá, me quedo con ustedes.

Luisa, a quien no le gustan las agujas, hace un gesto de compasión. En ese momento llega Rosa, con los brazos en la cadera.

—Me pareció escucharlos hablar. ¿Vienen?

Simón se va, mientras las niñas entran y se sientan. Sacan a Canela de su guacal y la consienten. De golpe, Rosa ve brillar dos ojos en un rincón del comedor.

—¡Oh! ¡Miren a este celoso!

Pipo, el gato de Rosa, y Andi parecen no apreciar la competencia. Luisa vuelve a meter a Canela en su guacal, del cual quiere salir.

—¡A trabajar! ¡Debemos preparar una exposición! —dice Adela.

—¿Cuál animal escogeremos? —pregunta Rosa.

—¿El Poni? —sugiere Adela.

—Ya lo presentamos el año pasado —dice Luisa, quien tiene buena memoria.

—¿Por qué no el hámster? —propone Rosa.

Las tres niñas están de acuerdo. Rosa sube a su cuarto y baja con una gran jaula. Al interior está Rocky, su hámster, quien toma su siesta.

—¡Despiértate, mi Rocky! —le dice dulcemente su ama.

Pone la jaula sobre la mesa, pero el hámster está profundamente dormido. Adela se impacienta.

—¡Es hora de abrir los ojos, Rocky! ¡Te necesitamos!

—No te preocupes. Sé cómo despertarlo —dice Rosa.

Entonces saca una flauta y comienza a tocar una armonía dulce. De repente, Rocky levanta el hocico, atraído por la melodía misteriosa.

—¡Miren eso! —exclama Luisa.

Mientras las tres amigas observan a Rocky, la mamá de Rosa se asoma a la puerta.

—¡Hola, niñas! Vengo a buscar a Canela para su vacuna.

—¿Podemos acompañarla? —pregunta Rosa—. Parece un poco inquieta.

—¡Claro, síganme!

Antes de irse, Rosa pone a Rocky en su bola transparente. Gracias a esta puede pasearse por todo lado. De esa forma, el roedor comienza a avanzar hacia un bolso en un rincón de la sala.

—¡Oye, glotón! Esos bizcochos no son para ti, son las golosinas que Simón le trajo a Canela —exclama Rosa.

—¡Y no podrás comerlos mientras estés en tu bola! —le dice amablemente Adela.

—Quédate juicioso. Ya venimos —agrega Rosa al salir de la casa—. Nosotras volveremos pronto.

La mamá de Rosa es la más dulce de todas las veterinarias. Canela ni siente el piquete de la inyección.

Luego de la consulta, las niñas regresan al comedor. Comienzan a inspeccionar el lugar con la mirada, pero no ven a Rocky…

Capítulo 2

¿Dónde está escondido Rocky?

Rosa se acerca lentamente a los bizcochos y llama a su hámster.

—Silencio, no hablen. Debemos escuchar rodar su bola —le murmura a sus amigas.

Las tres niñas se quedan quietas, esperando el menor ruido. Pero un profundo silencio reina en el lugar.

—Es raro, normalmente siempre llega trotando cuando lo llamo —dice Rosa.

—Estoy segura de que está escondido en algún lado para gastarnos una broma —exclama Luisa.

—¡No debe estar muy lejos! Debe estar en esta sala, porque la puerta está cerrada —agrega Adela.

Adela, Rosa y Luisa inspeccionan cada esquina del comedor.

—No está bajo el bufé —dice Luisa.

—Ni detrás del sofá —dice Adela.

Los grandes ojos café de Rosa se llenan de preocupación.

—¡Ya sé cómo lo encontraremos! Solo debemos llamar a nuestro mejor sabueso salvavidas —propone Adela, segura de su idea.

—¡Claro! Andi está en la cocina tomando una siesta junto a la cama de Pipo. Vamos a buscarlo. Encontrará a Rocky en un instante —aprueba Luisa.

Al escuchar el llamado de su ama, el teckel va a buscarla, mientras que Pipo no mueve ni un bigote. Está profundo en su cama.

—Mi Nono, buscamos a Rocky. ¿Nos quieres ayudar a encontrarlo?

El pequeño teckel comprende de inmediato cuál es su misión. Da una vuelta por la sala olfateando el suelo y se detiene bruscamente en la puerta de la casa.

—¡Rocky se salió! —exclama Rosa.

Abre la puerta y ve a su padre haciendo arreglos en el jardín.

—Papá, ¿tú abriste la puerta de la casa?

—Sí, hace un momento. Fui a tomar un vaso de agua. De hecho tomaré otro, hacer arreglos da sed.

Mientras su papá entra a la casa, Rosa ve la bola de Rocky que avanza sobre el pasto y rueda en dirección a la calle.

—¡Miren, es Rocky! —grita, asustada.

Andi salta y sale a perseguir al hámster, inmediatamente seguido de Rosa, Adela y Luisa. Hacen a un lado al papá de Rosa:

—¡Tengan cuidado, niñas! —protesta.

De repente, un ruido estridente hace sobresaltar al grupo: un frenazo de un carro… El vehículo se detuvo bruscamente en medio de la calle.

—¡Rocky! —gime Rosa, con los ojos aguados.

—¡Ya no lo veo! —grita Luisa, mientras inspecciona la calle con la mirada.

El conductor del vehículo saca la cabeza por la ventana y señala un callejón que lleva al parque.

—¡Alcancé a frenar justo a tiempo! ¡Miren, va hacia allá!

Las tres niñas, aliviadas siguen persiguiendo a Rocky. ¡El pequeño hámster "rueda" a una velocidad impresionante! Atraviesa la calle, pasa por debajo de los carros estacionados y logra subir al andén.

Luisa comienza a cansarse, no puede seguir a sus amigos. Rosa también pierde velocidad. Solo Adela y Andi logran alcanzar al escapista. Casi lo atrapan cuando, de repente, Rocky voltea hacia un pequeño callejón.

Andi, que adelantaba a Adela solo algunos pasos, frena con sus cuatro patas. Adela no tiene los reflejos tan rápidos como el teckel. Se tropieza con Andi y cae hacia delante.

Mientras se levanta y frota sus rodillas adoloridas, Rosa y Luisa llegan.

—¿Perdiste la pista de Rocky? —se inquieta Rosa.

—Casi. Se fue por este callejón. Si no tiene salida, tendremos todas las chances de atraparlo, sino… —refunfuñó Adela.

El callejón es tan estrecho que los techos de las casas parecen tocarse entre sí. Al fondo, las amigas llegan a un lugar que conocen… pero sí hay una salida.

Capítulo 3

Regreso al punto de partida

—Pero… volvimos a la misma calle —constata Luisa.

Durante largos minutos, las niñas y Andi inspeccionan los andenes, bajo los carros estacionados, detrás de las canecas, pero el hámster sigue perdido. Con una gran tristeza, el club Bolas de pelo regresa a la casa de Rosa.

Cómo sería su sorpresa cuando vieron, muy cerca de la bicicleta de Adela, la bola de plástico de Rocky… rota y vacía.

—¿Creen que Rocky regresó solo a la casa? —pregunta Luisa.

—¿Por qué no? Es muy astuto. Su bola debió estrellarse contra el muro —responde Rosa.

—Comencemos a buscar en el jardín —propone Adela.

El papá de Rosa sigue trabajando en el jardín. Pelea con el martillo porque golpea más a los dedos que a los clavos. Al ver llegar agotadas a las niñas, deja de lado su herramienta:

—¿Encontraron a Rocky?

—No —murmura Rosa, al borde de las lágrimas.

Luego, le muestra los restos de la bola transparente que acaban de encontrar y agrega:

—Se escapó justo delante de la casa… Si tenemos suerte, está acá en el jardín. Si no…

Luisa y Adela toman a su amiga del hombro para reconfortarla. El papá de Rosa dice:

—Les ayudaré.

Rosa esboza una sonrisa triste.

De repente, Adela dice:

—¿Y si intentamos atraerlo con comida?

—Bravo, Adela. ¡Es una excelente idea! —replica el papá de Rosa.

—¿Con qué? ¿Con semillas? —pregunta Luisa.

—¡No! ¡Ya sé con qué lo haré venir inmediatamente! ¡Síganme! —responde Rosa.

La niña corre hacia la casa, seguida de sus amigas y de su papá. Pero al llegar al comedor, se quedan congeladas.

—¿Qué pasa? —dice Adela.

—Yo… quería tomar las golosinas de Canela, ¡pero desaparecieron!

El papá de Rosa pone la mano sobre el hombro de su hija.

—Es normal. Simón vino a recoger a Canela hace un rato, mientras ustedes salieron a buscar a Rocky —le dice.

Luisa se agacha y recoge unas migajas de bizcochos:

—¡Son los restos de una merienda! ¡Nuestro fugado pasó por acá! —exclama.

—¿Dónde estará ahora? —suspira Adela.

—¿En la casa? —sugiere Luisa.

—¡Tendremos que buscar en cada rincón! —dice el papá de Rosa.

Rosa se golpea la frente con la palma de su mano:

—No será necesario, sé exactamente dónde se escondió ese glotón.

Todos giran a ver a Rosa.

—Creo que estaba en el bolso de los bizcochos de Canela cuando Simón vino a recogerla. Debió viajar dentro del bolso sin que él se diera cuenta. ¿Podemos ir, papá? Apenas asiente cuando las niñas ya salen por la puerta de la casa y se suben en sus bicicletas. Andi se sube en la canasta de Luisa. El trío pedalea a toda velocidad hacia la casa de Simón.

—¡Debemos apurarnos! ¡Rocky puede estar en peligro! —se inquieta Rosa.

—¿Crees que Canela puede lastimarlo? —pregunta Luisa.

Rosa está tan angustiada que no puede responder. Adela se encarga de hacerlo:

—Para Canela, Rocky solo es un gran ratón. Si lo encuentra, es posible que haga de él su merienda…

Capítulo 4

Pánico en la casa de Simón

Las niñas llegan frente a la casa de Simón. Dejan caer las bicicletas sobre el pasto y corren en dirección de la terraza, donde Simón toma un jugo.

—¡Simón! ¿Dónde está Canela? —grita Rosa.

El niño está tan sorprendido de ver a las tres niñas que riega el jugo sobre su camiseta.

Se levanta, intentando en vano limpiar su camiseta empapada, y dice:

—¿Por qué quieren ver a Canela?

—Pensamos que mi hámster, Rocky, está acá —dice Rosa con una voz angustiada—. Tememos que Canela se lo haya comido.

Simón no tiene tiempo de responder.

—¡Miren, Canela está bajo el sauce! —exclama Luisa.

—¡Y está comiendo algo! —agrega Adela.

—¡Rocky! —grita Rosa, quien descubre a Canela masticando… una pequeña pelota de plástico.

Simón llega donde Rosa y le dice:

—¡Es su juguete! Canela jamás se comería a Rocky. Les tiene mucho miedo a los hámsters.

—¿Estás… estás seguro? —le pregunta Rosa, un poco emocionada.

—Sí, la semana pasada le compré un peluche con forma de hámster. Pero se escondió bajo mi cama. Desde que lo vio se asustó, realmente. Por el contrario, le encanta esa pelota que encontró hace un rato.

Rosa deja escapar un suspiro de alivio y toma la gata en sus brazos.

—¡Me asustaste! —le susurra, mientras acaricia su lomo.

—Pero ¿por qué Rocky estaría en mi casa? —pregunta Simón, mientras frunce el ceño.

—Es una larga historia. ¡Te explicaremos más tarde! ¿Dónde colocaste el bolso de golosinas de Canela? —le pregunta Adela.

—Lo llevé a la cocina, cerca de su cama. Parecía no tener hambre luego de la vacuna.

El grupo se precipita hacia la casa. Un ruido viene de la sala. Las niñas no le prestan atención y agarran el bolso de golosinas, que está rodeado por pequeñas migajas de galleta.

—¡Es la prueba de que Rocky pasó por acá! No debe estar lejos —exclama Rosa.

Adela mete la mano en el bolso y saca un paquete de bizcochos abierto.

—¡Y viendo este paquete, Rocky debe tener la barriga llena! —agrega.

De repente, un ruido estremece la sala, seguido de la voz de la mamá de Simón:

—¡Oh, no! ¡Otra vez mi aspiradora se atascó! —refunfuña.

Un escalofrío recorre a las tres amigas. Corren a la sala, con el corazón en la mano.

—¡Mi pobre Rocky! —grita Rosa, agarrando su cabeza con las manos.

La mamá de Simón se frota los ojos. No esperaba ver llegar a las tres niñas mientras aspiraba.

—Buenos días, señoritas… ¿Pasa algo? —refunfuña.

Rosa no logra pronunciar palabra. Adela viene a socorrerla:

—Perdimos a Rocky, el hámster de Rosa. Quizás está bloqueado dentro de su aspiradora…

La mamá de Simón se acerca a su aspiradora y la abre con delicadeza.

—No hay nada en el tubo —constata.

Adela abre el compartimento del polvo. Agarra una masa sucia.

—¡Atrapé algo! —exclama.

Al ver a su amiga llorar, Luisa toma la mano de Rosa para consolarla. Adela saca lentamente la mano y sostiene… un calcetín.

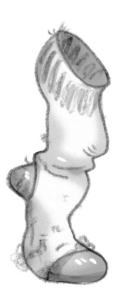

—¡Miren! ¡Lo busqué toda la mañana! —se emociona Simón.

Mientras todas miran a Simón y se preguntan cómo pudo perder un calcetín, Andi ladra junto a las escaleras.

Capítulo 5

La melodía mágica

$\mathcal{S}$imón, con la camiseta empapada de jugo y su calcetín sucio en la mano, lleva a las niñas a su habitación. Al entrar, las niñas no pueden creerlo. Hay juguetes por todo lado, algunas prendas en el suelo e, incluso, los restos de un sándwich.

—¿Creen que Rocky está por acá? —pregunta Rosa, sin reponerse de sus emociones.

Luisa se atreve a caminar pero teme aplastar al pobre hámster.

—Debe ser divertido para Rocky pasearse por acá. ¡Debe sentirse como un aventurero en un bosque mágico! —se burla Adela.

Simón apenas puede esconder su vergüenza.

—Mamá siempre me pide que limpie mi cuarto… Creo que esta vez debo hacerlo.

—Vamos a ayudarte. Si eso nos permite encontrar a Rocky, no nos molestará —decide Rosa.

Adela hace una mueca, pero el pequeño hámster justifica todos los esfuerzos.

—¡Ven a ayudarnos, Andi! —dice Luisa, mientras recoge unos libros del suelo.

El teckel salta por encima de un montón de cosas de Simón y olfatea con fuerza. De repente, se detiene frente a Luisa, desorientado, con las orejas gachas.

—¿Qué pasa, mi Nono? —le pregunta su pequeña ama.

—El olfato de Andi debe estar impregnado del olor de Canela. Siempre viene a jugar en mi cuarto —afirma Simón.

Mientras Luisa coloca un libro en su lugar, Rosa lo ve y pregunta:

—¿Es *El flautista de Hamelin*?

—Sí, ¿por qué? —responde Luisa.

—¿No conocen ese cuento? —se emociona Rosa, quien de repente recupera su sonrisa.

—Eh… sí —dice Adela.

Simón interviene. Acaba de leerlo y tiene muy fresco el recuerdo:

—Es la historia de un pueblo invadido por las ratas. Un día, un tipo extraño aparece. Comienza a tocar la flauta y todas las ratas lo siguen hasta el exterior de…

—¡Ya entiendo! —dice Adela.

—Yo también —agrega Luisa.

Luego, se dirige a Simón:

—Dime, ¿aún tienes el piano electrónico con el que a veces jugabas en el jardín?

El niño, un poco triste de no haber podido terminar la historia, mira a las niñas sin comprender nada.

—Eh, eso creo… —dice tartamudeando.

Luego comienza a buscar bajo su cama y saca un pequeño sintetizador en plástico.

—Esto será suficiente —dice Luisa, mientras lo agarra.

Luisa practica el piano desde que es pequeña. Enciende el sintetizador y comienza a tocar una dulce melodía. Todo el mundo se queda quieto y escucha. Un pequeño murmullo proviene de detrás del escritorio de Simón.

A pequeños pasos, Rosa se acerca y ve aparecer un pequeño hocico.

—¡Al fin te encontramos, mi pequeño Rocky! Nos diste un gran susto —dice, mientras toma a su hámster en los brazos y lo cubre de caricias.

—¡Nos hiciste correr! ¡Corres muy rápido en tu bola! ¡Más rápido que yo! —agrega riendo Adela.

La mañana siguiente, en el salón de clase, el trío se instala frente al tablero. Como siempre, Adela y Rosa están felices de presentar la exposición. Luisa, que es más tímida, está junto a sus amigas con el corazón palpitando rápido y con las mejillas rojas.

Prepararon una grande y bella cartelera, llena de colores y trajeron la jaula de Rocky. Desde que llegaron en la mañana, el hámster es la estrella de la escuela.

Sin embargo, la exposición no se parece a las que habían hecho antes sobre sus animales favoritos. Rosa comienza a hablar:

—Hoy vamos a hablar del hámster. Pero antes de eso, les vamos a leer una historia que se llama *El flautista de Hamelin*.

Trepado sobre el hombro de Luisa, Rocky escucha atentamente a Rosa y estira sus orejas.

Impreso en Colombia.
Ningún hámster desapareció durante la elaboración de este libro.